LE

VIEUX GROGNARD,

ALGER

ET BOURMONT.

STANCES.

PAR F.-E. BELLY.

PARIS,

CHEZ LES MARCHANDS DE NOUVEAUTÉS.

1830.

LE

VIEUX GROGNARD,

ALGER

ET BOURMONT.

———

STANCES.

PAR F.-E. BELLY.

PARIS,

CHEZ LES MARCHANDS DE NOUVEAUTÉS.

1850.

PARIS. — IMPRIMERIE DE AUGUSTE MIE,
Rue Joquelet , n° 9 , place de la Bourse.

Sur les champs d'orangers de la verte Provence,
Du sein des flots génois, l'aurore se levait ;
Toulon se réveillait, et dans sa rade immense
Des nombreux matelots la voix rauque grondait.

Une flotte était là pour des causes frivoles,
Et sa forêt de mâts élevés vers les ciéux,
Dont les vents agitaient les mille banderoles,
Fixait d'un vétéran le regard soucieux.

De garde sur le port, dans la veille guerrière,
Il reposait son bras sur l'acier du mousquet,
Et le cœur agité par un chagrin secret,
Une larme roulait de sa vieille paupière.

Sur l'uniforme bleu, dont il était paré,

Des grenadiers français reposait l'épaulette;

Une étoile brillait sur son ame inquiète,

Et du triple chevron il était décoré.

Vieux guerrier oublié de la vieille phalange,

Plus heureux autrefois il gardait l'empereur;

Mais honteux dans ce jour de sa consigne étrange,

Du siècle de la gloire il regrettait l'honneur :

« Pays de loyauté», dit-il dans ses alarmes,

« Au comble de l'affront te voilà parvenu;

« Honneur, honneur français, qu'es-tu donc devenu ?

« Au transfuge en ce jour nous présentons les armes!

« La flotte appareillait au fracas du canon;

« Quoique les temps soient loin, je m'en souviens encore,

« Nous allions à l'abri des dattiers de l'aurore,

« Vainqueurs de Mourad-Bey, chanter Napoléon.

« Mais le grand homme est là, présent à ma mémoire;

« Je l'aperçois encor pensif sur le tillac ;

« Je revois sur son front ses rêves de victoire :

« Il va sur le vieux Nil établir son bivac.

« O vent ! tu caressais les drapeaux tricolores

« Dont la poupe et les mâts se montraient couronnés ;

« Ils allaient ajouter les dépouilles des Mores

« Aux lauriers de Lodi dont ils étaient ornés.

« Fils adoptif des preux, dans leurs rangs intrépides,

« Je dirigeais leurs pas sur le pas du tambour;

« J'ai vu les mamelouks détruits dans un seul jour,

« Et j'ai battu la charge au pied des pyramides.

« Vous reverrai-je encor, moresques minarets,

« Citernes du désert, ombreux palmiers d'Afrique ?

« Je pourrai vous revoir ; mais, ô sombres regrets !

« Il ne sera plus là le sultan héroïque.

« Sur la rive lointaine il dort dans le tombeau ;

« Son aigle se repose au bas de la colonne ;

« L'oiseau de la victoire a perdu sa couronne,

« Un traître l'a brisée aux champs de Waterloo.

« Mais qu'est-il devenu le général transfuge ?

« A-t-il vu, dans le sein du bataillon carré,

« Arracher par la main d'un vieux grenadier juge

« Les épaulettes d'or d'un frac deshonoré ?

« Fut-il honteusement chassé des rangs des braves ?

« Non, de la discipline impassibles esclaves,

« Aux guerriers de Toulon venez le demander ;

« Leur drapeau le salue, il vient les commander.

« D'indignes conseillers, vendus à l'Angleterre,

« D'un généreux monarque auront trahi la foi :

« L'homme de félonie, Albion, fête-toi,

« Porte chez les Français le sceptre de la guerre.

« Que peut-il commander de noble à son drapeau ?

« O Dieu! prends notre armée en ta divine garde !

« Il porte sur son front le nom de Waterloo,

« Inscrit avec le sang de notre vieille garde.

« O mes vieux compagnons! quand jaloux du trépas,

« Que sa main dirigea sur la sainte cohorte,

« Vous profériez : Mourons et ne nous rendons pas !

« Du monarque trahi je composais l'escorte.

« Et je n'ai pu mourir sous les coups du félon !...

« Je n'ai pu comme vous, couché sur la mitraille,

« Menaçant dans la mort, même après la bataille,

« Faire pâlir encor les soldats d'Albion !...

« On brise l'étendard géant de la vaillance,

« On traîne notre chef prisonnier sur les mers;

« Mais la patrie est là, servons encor la France :

« Vivre fut un courage après de tels revers.

« De lambeaux glorieux entourant sa personne,

« Un roi juste honora nos malheureux débris;

« La vieille garde veille au trône de Louis :

« Nous étions le plus beau fleuron de sa couronne.

« De l'empire imposant du plus grand des humains,

« Dont sa volonté ferme adopta l'héritage,

« De l'héroïque armée illustre et fier otage,

« Au sein de son palais nous étions les témoins.

« Nous bénissions un roi respectant l'infortune;

« Mais il était trahi par de vils courtisans;

« Des hommes inconnus passèrent dans nos rangs

« Dont l'aspect reniait notre gloire importune.

« Proscrivant le passé, commandant l'avenir,

« Ils traitaient nos exploits d'insigne brigandage;

« Jusqu'à l'oubli honteux du plus grand souvenir,

« Ils osaient tout prescrire aux vieillards du courage.

« Et nos sourcils froncés répondaient à leur voix,

« Et l'on voyait, bravant leurs lâches entreprises,

« D'un courroux comprimé, mais visible à la fois,

« Se dresser le duvet de nos moustaches grises.

« Naguère ils commandaient l'Anglais ou les Basquirs,

« Ils osaient, insultant à la gloire victime,

« Traiter de trahison nos généreux soupirs :

« Avec ces étrangers soupirer fut un crime.

« De l'étendard royal nous fûmes éloignés ;

« Le terrible bonnet disparut de nos têtes ;

« Nous allâmes, vieillis, dans des rangs indignés,

« Aux conscrits de la ligne apprendre nos conquêtes.

« Le respect nous suivit chez ces enfans de Mars ;

« A nos chevrons rongés sachant rendre justice,

« Ils disaient, mettant bas leur bonnet de police :

« Amis, saluons-les, ce sont de vieux grognards.

« Que de fois en hiver, dans l'humble corps de garde,

« De leur cercle attentif entourant le fourneau,

« Ils me disaient, portant la main à leur schako :

« L'ancien, racontez-nous les exploits de la garde.

« Et moi, qu'un noble orgueil remplissait d'un frisson,

« Relevant le poil blanc de ma vieille moustache,

« Je déroulais les plis du fameux pavillon

« A ces jeunes soldats de l'étendard sans tache.

« Je le montrais flottant au désert de Memnon,

« Encore tout noirci de la poudre d'Arcole ;

« Plus tard il recevait la bénédiction

« Du pontife héritier des clefs du Capitole.

« Il flottait dans Schœnbrunn, il flottait dans Berlin ;

« L'Aigle armé de la foudre, embrassant sa cravate,

« L'emportait par-delà l'Ibère et le Sarmate,

« Semblable à l'oriflamme empruntée au destin.

« De la neige du pôle il hérissait ses franges ;

« Il semblait se roidir au souffle d'aquilon,

« Et ses replis glacés couvraient Napoléon ,

« Contemplant d'un œil sec la mort de ses phalanges.

« Dans les champs des Saxons, porté par des conscrits ,

« Son aigle disputait le sceptre d'Allemagne ;

« Bientôt de son nom seul protégeant nos débris ,

« Contre toute l'Europe il luttait en Champagne.

« Sous le traître il tomba pour la première fois ;

« Dans le fond des tambours il sommeillait tranquille (1) :

« Son maître reparut, et dans la grande ville,

« De son bec il revint briser le lis des rois.

« Mais le timbre du sort avait frappé son heure :

« Sur un rocher désert l'Aigle alla mourir seul ,

« Et le drapeau des preux, pour dernière demeure ,

« A la garde expirante a servi de linceul.

« Je disais; au récit de ces vastes merveilles,

« Immobiles restaient mes jeunes compagnons;

« Ils se croyaient encore aux villageoises veilles

« Où la vieille Sibylle évoquait les démons.

« Mais la voix du grognard tout à coup cessait-elle,

« Leurs esprits suspendus avaient repris leur lit;

« A l'éblouissement d'un regard interdit

« De l'orgueil dans leurs yeux succédait l'étincelle.

« Oui, nous sommes Français », s'écriait leur transport,

« Que le vent des combats souffle dans nos bannières,

« Nous saurons manier le glaive de nos pères;

« O fortune ! ouvre-nous les plaines de la mort.»

« Jeunes soldats, vos vœux sont entendus de Charles;

« Sur un coursier fumant qu'a lassé l'éperon,

« L'uniforme souillé de la poussière d'Arles,

« Un courrier apparaît aux portes de Toulon.

« Écoutez! écoutez! c'est un royal message.

« Le sceau noble est brisé; soldats, entendez-vous?

« L'orgueilleux dey d'Alger bravait notre courroux,

« Le roi Charles le livre à votre ardent courage.

« Qui vient le diriger pour venger notre affront?

« Est-ce un de ces guerriers dont l'illustre vaillance

« N'abandonna jamais le drapeau de la France?

« O courrier! que dis-tu? malheureux! c'est Bourmont!

« Allez, jeunes soldats, sur la rive africaine;

« Des créneaux enflammés méprisant le trépas,

« Punissez les forbans, vengez la foi chrétienne;

« Allez, le vieux grognard ne vous y suivra pas.

« Mais fidèle au drapeau qu'il jura de défendre,

« Sur des murs foudroyés, sommé de l'amener,

« Il saurait le brûler pour en boire la cendre;

« Ce n'est que par la mort qu'il peut l'abandonner.

« Adieu, jeunes amis, de vous je me sépare,

« Mes anciens compagnons me le disent des cieux ;

« Adieu, Bourmont paraît, le départ se prépare ;

« Puissiez-vous du corsaire être victorieux. »

Saluant sa patrie, en son calme délire,

Le vétéran allait s'abîmer dans les flots,

Tout à coup il s'arrête, il s'arrête et soupire :

« Non », dit-il, « on dirait que j'ai fui mes drapeaux.

« Oui, de la grande armée et des nobles triaires

« Un grenadier doit être à l'abri d'un soupçon.

« La veille des combats une désertion !...

« Que dirait la patrie, et que diraient mes frères ?... »

Il revient sur le port, pensif, courbant le front,

De l'honneur sur son sein il aperçoit le signe,

Il l'arrache en criant : « Sauvons-la d'un affront :

« Ce fut dans Austerlitz que j'en fus jugé digne !

« Le sang d'un suicidé ne la souillera pas. »

Il dit, et dans la mer il jette son étoile :

De son glaive il se frappe, et le hideux trépas

Sur son front balafré vient étendre son voile.

Dans Toulon cependant l'airain retentissait ;

Devant Bourmont l'armée abaissait ses bannières ;

Et sur le port sanglant un grognard expirait,

Dont le trépas vengeait le trépas de ses frères.

Les enfans de Toulon, s'amusant sur le port,

Du sang du grenadier montraient encor la trace,

Que promettant Alger à son noble transport,

Notre flotte des mers sillonnait la surface.

Soldats, l'obéissance est toujours un devoir,

L'amiral Duperré combat pour la patrie ;

Du bien sur sa frégate il semble le génie

Qui de l'ange du mal balance le pouvoir.

D'ailleurs dans votre chef que votre foi soit sûre;

Qu'un nom n'éteigne point votre insigne valeur :

Il voudra par la gloire expier son parjure;

Vous êtes des Français, il reviendra vainqueur.

———o———

(1) Dans le fond des tambours il sommeillait tranquille :

Pour l'intelligence de ce vers, il me sera pénible de troubler le repos des mânes d'un infortuné colonel. Lorsque l'Empereur, à son retour de l'île d'Elbe, ayant enlevé le bataillon du 5ᵉ qui défendait le poste de Laffray en avant de Vizille, se dirigeait par la route d'Eyben sur Grenoble, le colonel Labédoyère, chargé de la défense d'une partie des fortifications de cette ville, cédant à l'exaltation d'un militaire de 29 ans qui retrouvait son ancien général, força au pas de charge le poste des grenadiers du 5ᵉ qui défendaient la porte dite de Bonne, et se précipita à la tête de son régiment au-devant de Napoléon. Des caisses de tambours furent crevées et l'on en vit sortir avec émotion l'ancienne aigle du 7ᵉ de ligne à travers des torrens de vieilles cocardes tricolores. Le drapeau blanc du régiment d'Orléans fut déchiré, la fleur de lis qui le surmontait fut remplacée par l'oiseau de la victoire, et les délirantes acclamations de quinze cents vieux guerriers saluèrent ce noble témoin des exploits du 7ᵉ. Enfant encore, j'ai assisté à ces scènes extraordinaires, et depuis j'ai connu personnellement le tambour des grenadiers, aujourd'hui dans l'administration des forêts en Savoie, qui portait dans sa caisse le symbole de la gloire d'un des plus braves régimens de la vieille armée.

———ooo———

PARIS, IMPRIMERIE DE AUGUSTE MIE,
rue Joquelet, n° 9, place de la Bourse.